FAILLITE DE M. P...

VENTE

HOTEL DROUOT, SALLE Nᵒ 7

Le Mardi 1ᵉʳ Mars 1898, à 3 heures précises.

JOLIES

Boîtes, Bonbonnières

ETUIS, NÉCESSAIRE, SOUVENIR

du XVIIIᵉ siècle.

Perles, Brillants, Rubis

TRÈS BELLES TAPISSERIES

a Sujets mythologiques.

<table>
<tr><td>Mᵉ LÉON TUAL
COMMISSAIRE-PRISEUR
56, Rue de la Victoire, 56</td><td>M. A. BLOCHE
EXPERT PRÈS LA COUR D'APPEL
28, Rue de Châteaudun, 28</td></tr>
</table>

EXPOSITION PUBLIQUE

Le Lundi 28 Février 1898

de 1 heure 1 2 à 5 heures 1 2.

CATALOGUE

DE

JOLIES

BOITES ET BONBONNIÈRES

NÉCESSAIRE, ÉTUIS, SOUVENIR, CARNET DE BAL
EN OR ÉMAILLÉ, DE COULEUR, CISELÉ ET GRAVÉ, ENRICHIS
DE PIERRERIES

du XVIIIe siècle

COLLIER DE PERLES, DORMEUSES EN BRILLANTS

OISEAU EN RUBIS ET BRILLANTS

TRÈS BELLES TAPISSERIES

à sujets mythologiques
ÉPOQUE DE LA RÉGENCE

ET DONT LA VENTE AURA LIEU

Par suite de la faillite de M. P...

En vertu d'ordonnance de M. le Juge Commissaire enregistrée

HOTEL DROUOT, Salle N° 7

Le Mardi 1er Mars 1898, à 3 heures précises.

Me LÉON TUAL	M. A. BLOCHE
COMMISSAIRE-PRISEUR	EXPERT PRÈS LA COUR D'APPEL
56, Rue de la Victoire, 56	*28, Rue de Châteaudun, 28*

Chez lesquels se trouve le présent catalogue.

EXPOSITION PUBLIQUE

Le Lundi 28 Février 1898, de 1 h. 1/2 à 5 h. 1/2.

CONDITIONS DE LA VENTE

Elle sera faite au comptant.

Les acquéreurs paieront *cinq pour cent* en sus des adjudications.

L'exposition mettant le public à même de se rendre compte de l'état et de la nature des objets, aucune réclamation ne sera admise une fois l'adjudication prononcée.

Objets de Vitrine

BOITES — BONBONNIÈRES — NÉCESSAIRE

ÉTUIS — SOUVENIR

---

1 — TRÈS JOLI NÉCESSAIRE DE TOILETTE en agate orientale, monté à cage en or ciselé, enrichi de motifs à vases de fleurs et oiseaux dans des rinceaux feuillagés tout en rubis, émeraudes et roses. Le couvercle offre, au centre, une petite montre avec entourage en roses, et l'intérieur renferme deux petits flacons, un cachet, une tablette en ivoire, un étui plat, deux autres à rouge et à fard, une pince à mouches et une petite cuillère, le tout monté en or, XVIIIe siècle.

2 — TRÈS BELLE BOITE OVALE à charnières en or émaillé en plein, offrant dessus, dessous et au pourtour, des médaillons à groupes d'amours en camaïeu rose sur fond blanc, le tour fond gros bleu avec encadrement d'or coquillé, les bordures et les montants à guirlandes de laurier émaillé vert, ornements et entre-deux émaillés opale, époque Louis XVI, écrin en galuchat.

3 — JOLIE BOITE OVALE à charnières en or ciselé et guilloché, bordures et montants à guirlandes et ornements en or de couleur, le couvercle orné d'un émail, portrait de femme cerclé d'émail vert, époque Louis XVI, écrin en cuir rouge doré au petit fer.

4 — BOITE RECTANGULAIRE en or guilloché, encadré sur le couvercle et dessous d'émaux imitant le jaspe sanguin, bordure du pourtour à rubans et guirlandes de lauriers émaillés, époque Louis XVI.

5 — TRÈS JOLIE BOITE OVALE à charnières en or
émaillé, dessins à rayons bleu turquoise et
blanc, bordure à feuilles d'acanthe et chaînes
de feuillages en vert, montants à ornements
or mat sur fond sablé. Le couvercle orné d'un
émail : *Vénus et l'Amour*. Époque Louis XVI.
Écrin en cuir.

6 — JOLIE BOITE forme drageoir en or mat et
bruni, finement ciselé et gravé, dessus à lam-
brequin, rubans et guirlandes de laurier. Le
couvercle offre, sur fond de nacre, une com-
position d'après Bérain, à dessin très délicat,
en partie incrusté d'or avec fronton à coquille
et dauphins. La griffe est formée de deux
dauphins. Époque Régence. Écrin en cuir.

7 — JOLIE BOITE OVALE à charnières en or
émaillé, dessin d'ornements en blanc avec
montants et médaillons à fond vert et bleu.
Le couvercle offre, au milieu : *Flore assise
chargeant l'Amour de fleurs*. Entourage du
couvercle en demi-perles. Époque Louis XVI.

8 — Bonbonnière ronde en or émaillé bleu ardoisé sur fond guilloché, bordure semée de petites opales en émail. Le couvercle est orné d'un émail représentant *Une Nymphe et l'Amour*. Époque Louis XVI.

9 — Boite ovale à charnières, en or guilloché, bordure à perles en or poli, époque Louis XVI. Ecrin en galuchat.

10 — Boite octogonale en or émaillé, fond gros bleu, avec ornements très délicats en réservé, bordure à filets d'émail blanc. Le couvercle à médaillon allégorique, avec draperies à inscription : « *Offrande à l'Amitié.* » Époque fin Louis XVI.

11 — Boite a charnières, forme plate, à pourtour côtelé, en or émaillé fond mauve. Le dessus offrant en émaux de couleur un trophée d'instruments de musique et le dessous un bouquet de fleurs et de fruits. Travail de Genève, époque fin Louis XVI.

12 — JOLI CARNET DE BAL avec reliure en or
émaillé en plein, dessus à entrelacs d'œillets,
autres fleurs et feuillages, bordure et crayon
gravés. Époque Louis XVI. Étui en galuchat.

13 — JOLIE BOITE OVALE à charnières, en or
émaillé, fond violet étoilé d'or, bordure à
feuillages vert, montants à pilastres enguir-
landés. Le couvercle orné au centre d'un
émail portrait présumé de Pierre le Grand.
Époque Louis XVI.

14 — BOITE OVALE en or guilloché et gravé, bordure partie émaillée gros bleu, dessin à
fleurs et guirlandes, époque Louis XVI.

15 — GRANDE BOITE PLATE forme octogonale en
or, émaillée avec motifs réservés sur fond
d'or mat sablé, offrant sur le couvercle un
médaillon représentant *La chaste Suzanne et
les deux Vieillards*. Travail de Genève,
époque du Directoire.

16 — JOLIE BOITE à charnières, forme octogonale, en or émaillé gris fer sur fond guilloché, bordure à rubans d'or vert entrelacés, montants entrecoupés de pilastres émaillés blanc et bleu turquoise. Le dessus offre au centre, sur fond rayonnant en émail orange, l'inscription en roses : « *Donné par l'Amitié.* » Époque Louis XVI. Écrin en cuir rouge.

17 — BOITE forme drageoir, en or mat gravé représentant, dans des motifs rocailles, rehaussés d'émaux, des paysages avec figures, époque Louis XV.

18 — BOITE forme drageoir à charnières en or mat, finement gravé à sujet de chasse, dessous à corbeille fleurie, le couvercle enrichi d'un camée en jaspe sanguin, offrant deux têtes de personnages de l'antiquité. L'intérieur avec miniature représentant la *Récréation des Amours sous la surveillance de Vénus et de Jupiter*. Époque Régence.

19 — Bonbonnière ronde en or gravé et guilloché, avec médaillons et bordure en or de couleur finement ciselé, époque Louis XVI.

20 — Bonbonnière ronde en or guilloché, dessin à bandelettes, bordure gravée à ornements, époque premier Empire.

21 — Joli étui en or émaillé en plein fond peau de panthère, bordure à clochettes sur fond bleu, offrant sur chaque face des médaillons à figures de femmes et attributs symboliques, époque fin Louis XVI.

22 — Étui, forme à pans en or émaillé gros bleu sur fond guilloché, bordure à ornements et feuillages en or de couleur, époque Louis XVI.

23 — Étui en or émaillé gros bleu avec médaillons à trophées militaires réservés en or de couleur, bordure à feuillages émaillés, époque Louis XVI.

24 — Carnet de bal, forme souvenir en or émaillé fond bleu clair avec inscriptions, médaillons et ornements finement gravés et réservés, tablettes en ivoire, époque Louis XVI.

Bijoux

25 — Beau collier d'un rang de trente-deux perles, avec entre-deux en saphirs blancs taillés en rondelles.

26 — Paire de très belles dormeuses, gros brillants solitaires, surmontés chacun d'un petit brillant, montés à griffes sur or et platine.

27 — Ornement de coiffure, forme oiseau de paradis tout en rubis, brillants et roses...

Tapisseries

28 — SUITE DE QUATRE BELLES TAPISSERIES DE LA
RÉGENCE, représentant des scènes mythologiques, compositions à petits personnages,
avec élégantes bordures à motifs d'après
Bérain offrant des cariatides, des personnages,
des grotesques, des oiseaux, des coquilles et
ornements variés. Signées : I. DE TOMBE.

La première représente *Apollon poursui-
vant Daphné changée en laurier et poussé
par l'Amour.*

Long., 4 m. 60 ; haut., 2 m. 60.

La deuxième représente *Renaud dans les
jardins d'Armide.*

Long., 4 m. 80 ; haut., 2 m. 60.

La troisième représente *Páris près d'une
déesse.*

Long., 2 m. 35 ; haut., 2 m. 65.

La quatrième représente *Diane visée par
l'Amour.*

Long., 2 m. 35 ; haut., 2 m. 65.

29 — Tapisserie d'Aubusson du xviiie siècle représentant une tente drapée de rouge abritant
les armes de l'Amour, dans un paysage fleuri
avec riche végétation, bordure à guirlandes
. et chutes de fleurs attachées à des nœuds de
rubans.

Long., 2 m. 10; haut., 2 m. 75.

Paris. — Imp. Georges Petit, 12, rue Godot-de-Mauroi. — 5936-98